Analyse de l'œuvre

Par David Noiret et Maud Couture

Mémoires d'Hadrien

de Marguerite Yourcenar

lePetitLittéraire.fr

Rendez-vous sur lepetitlitteraire.fr et découvrez :

Plus de 1200 analyses
Claires et synthétiques
Téléchargeables en 30 secondes
À imprimer chez soi

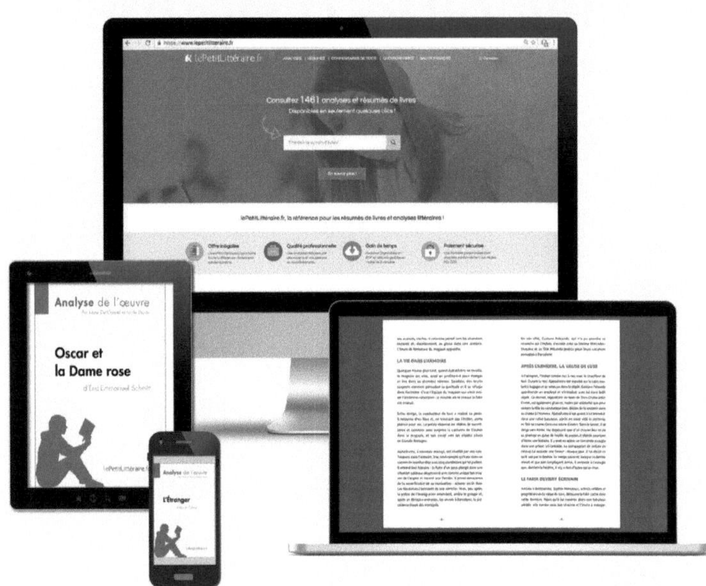

MARGUERITE YOURCENAR

ÉCRIVAINE FRANÇAISE
NATURALISÉE AMÉRICAINE

- **Née en 1903 à Bruxelles (Belgique)**
- **Décédée en 1987 à Mount Desert Island (États-Unis)**
- **Quelques-unes de ses œuvres :**
  - *Comment Wang-Dô fut sauvé* (1936), nouvelle
  - *Nouvelles orientales* (1938), nouvelles
  - *L'Œuvre au noir* (1968), roman

Née en Belgique, Marguerite de Crayencour, mieux connue sous le nom de Marguerite Yourcenar, fut la première femme élue à l'Académie française en 1980. Durant la Seconde Guerre mondiale (1939-1945), après avoir beaucoup voyagé, elle part vivre aux États-Unis, sur l'ile de Mount Desert dans le Maine. Elle y enseigne la littérature française, ainsi que l'histoire de l'art et y demeure jusqu'à la fin de sa vie.

Pétrie d'humanisme et de culture classique, elle est l'auteure de romans (*Mémoires d'Hadrien*, *L'Œuvre au noir*), d'essais, de recueils de poésie, de nouvelles (*Nouvelles orientales*), de pièces de théâtre (*Le Mystère d'Alceste*, 1963) et de traductions. Son écriture se différencie des grands courants novateurs du XXe siècle par un souci du style classique et de la narration.

MÉMOIRES D'HADRIEN

LA LETTRE D'UN EMPEREUR ROMAIN À SON SUCCESSEUR

- **Genre :** roman
- **Édition de référence :** *Mémoires d'Hadrien*, Paris, Gallimard, coll. « Folio », 1974, 384 p.
- **1re édition :** 1951
- **Thématiques :** biographie, mémoire, vie à Rome, politique, empire romain, amour, guerre

Les *Mémoires d'Hadrien* ont été écrits sur plus de vingt-cinq ans. Ce roman a été commencé entre 1924 et 1929, repris et abandonné à diverses reprises, et finalement publié en 1951. Il a valu à son auteure une réputation mondiale.

L'œuvre relate les souvenirs de l'empereur romain Hadrien (76-138). Il s'agit donc à la fois d'un roman historique et d'une biographie fictive. Ces mémoires sont constitués d'une longue lettre adressée à un certain Marc qui n'est autre que Marc Aurèle (121-180), le futur empereur de Rome. Parvenu à la fin de sa vie, Hadrien narre son ascension jusqu'aux plus hautes sphères de l'empire. Le livre se compose de six chapitres dont les titres sont en latin et renvoient à des périodes de la vie de l'empereur.

RÉSUMÉ

Le roman se présente sous la forme d'une lettre qu'Hadrien écrit à Marc Aurèle alors âgé de 17 ans. Il souhaite se livrer à une étude de lui-même et « donne[r] audience à ses souvenirs » (p. 29).

L'ASCENSION D'UN NOUVEL EMPEREUR

Hadrien est né à Italica, en Espagne, mais ses « premières patries ont été des livres » (p. 43). Orphelin de père à 12 ans, il est appelé à Rome par son tuteur, Acilius Attianus. Il se passionne pour la Grèce où il passe plusieurs années, mais se sent rapidement attiré par le pouvoir et les richesses de Rome. « Je me suis finalement accepté moi-même », dit-il (p. 53). Là, Hadrien acquiert peu à peu une bonne réputation.

L'empereur Nerva (30-98), qui a adopté Trajan (53-117), succède à Domitien (51-96), assassiné, tandis qu'Hadrien devient commandant dans les légions danubiennes. Trajan, le cousin d'Hadrien, succède ensuite à Nerva et mène une politique de conquête. Ce dernier, qui témoigne d'abord une certaine antipathie à l'égard d'Hadrien, finit par l'accepter.

À 28 ans, Hadrien prend Sabine pour épouse, sur les conseils de Plotine (morte en 122), l'impératrice avec qui il entretient une belle amitié. Il n'aimera jamais sa femme, mais s'accommode de sa présence pour satisfaire aux exigences de son rang.

Après la victoire de Trajan sur les Daces (peuple de Dacie, qui correspond à une partie de l'actuelle Roumanie), Hadrien, gouverneur de Pannonie (région bordant le Danube), est envoyé pour combattre les Sarmates (peuple habitant dans la plaine qui borde au nord la mer Noire). Alors qu'il a mis de l'ordre dans la région et anéanti ses ennemis, Hadrien met en place une politique d'austérité auprès de ses soldats qui pillent les campagnes, afin d'éviter que les paysans ne se révoltent contre l'armée romaine.

Trajan, malade, poursuit ses conquêtes en Orient, tandis que les différents peuples conquis se retournent contre l'envahisseur romain : l'empire connait une période de crise. Hadrien, quant à lui, doute de son avenir. Quelque temps plus tard, Trajan meurt et Hadrien, alors âgé de 40 ans, est choisi comme héritier. Il rentre à Rome serein et sous les acclamations.

L'ÂGE D'OR

Il entame alors une politique de négociation et de pacification de son territoire (« Tout passage d'un règne à l'autre entraîne ses opérations de nettoyage », p. 115). Attianus débarrasse le nouvel empereur de ses quelques ennemis déclarés, ce qui ramène le calme à Rome. Ensuite, Hadrien travaille au bonheur et à l'amélioration de la condition humaine (notamment des esclaves et des femmes) et met en place un « intelligent réagencement économique du monde » (p. 131).

Il sillonne également les routes de l'empire. S'il est « étranger partout » (il est originaire d'Espagne, a fait ses études en Grèce et traverse sans cesse des terres étrangères), il est aussi « isolé nulle part » grâce à son entourage solide, compétent et fidèle (p. 138). En Bithynie, il rencontre un jeune garçon nommé Antinoüs dont il tombe amoureux : « Une intimité s'ébaucha. Il m'accompagna par la suite dans tous mes voyages, et quelques années fabuleuses commencèrent » (p. 170). À Athènes, il fait la connaissance d'Arrien de Nicomédie (historien et philosophe grec, 95-175) qui devient l'un de ses proches amis. Son bonheur est alors complet : il connait un véritable âge d'or.

Il poursuit son œuvre administrative en Germanie et en Bretagne (qui recouvre l'actuelle Angleterre, le Pays de Galles et le sud de l'Écosse) avec pour mot d'ordre *Tellus stabilita* (« la terre retrouve sa stabilité »), ou le génie de la terre pacifiée. Par ailleurs, il conclut une paix durable avec les Parthes (peuple apparenté aux Iraniens) et se plonge dans l'étude des astres. À Rome, il fait entièrement reconstruire le Panthéon et s'inscrit dans la lignée des anciennes gloires romaines, tandis qu'on célèbre l'anniversaire de la ville. À 44 ans, il est adoré et déifié.

LA DOULEUR D'HADRIEN

Par ailleurs, « peu à peu, la lumière chang[e] » (p. 188) : sa relation avec Antinoüs se dégrade. Après des travaux de construction à Jérusalem, Hadrien est à Alexandrie en compagnie de ses proches. Antinoüs, préférant mourir plutôt que vieillir, se suicide au bord du Nil. La douleur d'Hadrien est immense. En hommage à son jeune favori, il décide de faire construire la ville d'Antinoé (Égypte actuelle).

Hadrien s'applique ensuite plus fermement à son métier

d'empereur. Il organise la ville d'Antinoé et travaille à l'émergence d'une classe moyenne savante en Asie Mineure. Il dote Athènes d'une nouvelle bibliothèque et d'une nouvelle constitution tandis qu'il poursuit sa formation mystique et intellectuelle. Il s'intéresse également à la secte des chrétiens dont il discute des préceptes avec son ami Arrien.

Malgré le désir d'Hadrien de faire de Jérusalem une ville comme les autres, tolérante vis-à-vis des différentes conceptions divines, « les affaires juives [vont] de mal en pis » (p. 252). La guerre en Judée est inévitable. Après quatre années de conflit contre Simon Bar Kochba (chef de la deuxième révolte juive, mort vers 135), la Judée prend le nom de Palestine, et Jérusalem celui d'*Ælia Capitolina*.

De retour à Rome, Hadrien reprend gout aux plaisirs de la vie, mais ne se pardonne pas son impuissance face à la mort du jeune homme qui l'aimait.

L'HEURE DU BILAN

À 57 ans, Hadrien rentre au pays triomphant, mais affaibli et malade. L'heure est venue pour lui de désigner son successeur et de préparer sa mort. Le choix est difficile, mais il se porte finalement sur Antonin (86-161), un homme vertueux et membre du Sénat qu'il adopte. Hadrien annonce également qu'il souhaite que Marc Aurèle succède à Antonin et que ce dernier l'adopte. C'est un acte de prudence de la part de l'empereur : il souhaite assurer la sécurité de l'empire du mieux qu'il peut, et considère qu'il n'est pas vain de choisir lui-même ses successeurs sur deux générations. Marc Aurèle, bien qu'il soit encore jeune et peu expérimenté, a l'avantage d'être dévoué à la philosophie et à l'apprentissage de la sagesse. À l'heure du bilan, Hadrien est vénéré.

Sa tâche publique accomplie, Hadrien se retire dans sa villa de Tibur. Son ami Arrien, gouverneur de la Petite Arménie, lui écrit une lettre dans laquelle il raconte avoir trouvé l'ile d'Achille (héros mythique de l'*Iliade*). Rien ne lui parait plus sublime que ce héros et son désespoir à la suite de la mort de Patrocle, son ami intime, qui lui fit perdre le gout de la vie. Hadrien, voyant son corps s'affaiblir, sentant que sa fin est proche, essaie à plusieurs reprises de se donner la mort. Toutefois, voyant l'affliction que ses tentatives causent à Antonin, il prend finalement son mal en patience.

Parvenu au terme de sa vie, vieux et malade, Hadrien se souvient de tous les bonheurs qui lentement l'abandonnent. Il se souvient de son cheval Borysthène qu'il ne peut plus monter, de la chasse, de la bonne nourriture, de l'amour et du sommeil réparateur.

ÉTUDE DES PERSONNAGES

Les protagonistes de ce roman sont des personnages historiques ayant réellement existé. Ce qui est dit dans le récit est très proche de la réalité, mais n'est pas nécessairement toujours vrai.

HADRIEN

Hadrien (de son vrai nom Publius Aelius Hadrianus) est le héros du roman et également le narrateur puisqu'il raconte ses mémoires.

Multiple et changeant, il s'est intéressé à tous les arts et à tous les domaines possibles de la connaissance. Hadrien se distingue en cela de sa famille qui se désintéressait de la culture et des affaires de l'Empire romain. Il voue à la civilisation et à la culture grecques une admiration sans limites qui lui fait dire, malgré son statut, que c'est en langue grecque qu'il a « pensé et vécu » (p. 46). Préférant le moyen terme, Hadrien se garde bien de trancher entre un extrême ou un autre : il refuse toujours d'adhérer totalement à un système. L'empereur est doué d'une grande sagesse qui est visible dans sa manière de vivre : le corps et l'esprit sont étroitement liés chez lui. Il ne favorise pas l'un au détriment de l'autre et les exerce tous deux tout au long de sa vie.

Empereur pacificateur, il ne refuse cependant pas la guerre lorsqu'elle est un moyen nécessaire pour la paix. Les périodes de conflit qu'il vit en tant que commandant comptent d'ailleurs parmi ses années heureuses. Il se sent humainement proche des barbares qu'il combat. C'est un philanthrope convaincu qui reste proche des hommes malgré sa déification. La devise qu'il fait graver sur la monnaie au début de son règne est *Humanitas, Felicitas, Libertas* (« Humanité, Bonheur, Liberté »). Il mettra tout en œuvre pour la faire appliquer.

Le désir de plaire est le moteur de son existence ; c'est d'ailleurs ce qui lui permet d'accéder aux plus hautes cimes de l'empire en s'appuyant sur un entourage fidèle et conquis.

S'il a aimé quelques femmes, il se désintéresse totalement de Sabine, son épouse, alors que son penchant naturel l'entraine plus volontiers vers les jeunes garçons dont Lucius, et surtout Antinoüs.

ATTIANUS

Le père d'Hadrien étant mort lorsque celui-ci avait 12 ans, c'est Acilius Attianus, tuteur puis conseiller privé de l'empereur, qui se charge de son éducation à Rome. Il fait partie de l'entourage fidèle d'Hadrien. Celui-ci considère « ce vieillard goutteux qui ne parl[e] que pour [le] servir » comme un véritable ami (p. 97).

Attianus propose à Hadrien de le débarrasser de ses ennemis lors de son accession au trône. Son dévouement pour son maitre étant sans limites, il fait exécuter bien plus de monde qu'il n'en avait eu l'ordre. Par crainte d'une révolte, Hadrien, sur la proposition d'Attianus, lui fait perdre son poste de préfet. Cet homme entre néanmoins par la suite au Sénat et « eut une vieillesse facile de vieux chevalier romain » (p. 116).

PLOTINE

Plotine, la femme de l'empereur Trajan et à ce titre impératrice, joue un rôle important dans la succession au trône romain. Les circonstances qui entourent le testament de Trajan sont obscures : il semble que Plotine ait dicté à l'empereur agonisant les lignes relatives à son héritier ou du moins qu'elle ait elle-même écrit le nom d'Hadrien à cet endroit.

Hadrien considère Plotine, qui a le même âge que lui, comme une alliée et son unique amie.

LUCIUS

Lucius a 18 ans quand Hadrien le rencontre. « Ce jeune faune dansant occupa six mois de [la] vie [de l'empereur]. » (p. 122) On remarque une certaine rivalité entre lui et Antinoüs, qui a les faveurs d'Hadrien, lors de la visite de l'empereur à Alexandrie.

Hadrien envisage de le choisir pour successeur et l'adopte. Lucius prend alors le nom de Lucius Aelius César. Mais la mort en décide autrement. Son propre fils, Lucius Aurelius Verus, sera adopté par Antonin et sera empereur de Rome conjointement à Marc Aurèle de 161 à 180.

ANTINOÜS

Antinoüs est un jeune Grec de Bithynie qui fascine Hadrien

dès sa rencontre. Il le décrit en des termes oxymoriques :
« Je m'émerveillais de cette dure douceur » dit-il à son sujet
(p. 171). Leur idylle passionnelle est fulgurante et s'achève
tragiquement par le suicide dans le Nil du jeune homme qui
choisit cette issue plutôt que la vieillesse et la laideur.

Hadrien fait construire sur la rive orientale du Nil la ville
d'Antinoé en hommage à son ami, et un culte lui est voué
en divers endroits de l'empire. Hadrien fait le parallèle entre
son histoire d'amour avec Antinoüs, et celle de Patrocle,
héros tragique, avec son amant Achille.

ARRIEN

Arrien de Nicomédie, « un des meilleurs esprits de ce
temps » (p. 149), est le meilleur ami d'Hadrien. Philosophe
stoïcien, disciple d'Épictète (vers 50-125), il est douze ans
plus jeune qu'Hadrien. Il est l'auteur d'une histoire sur la
Bithynie, son pays d'origine (p. 176-177). Il partage avec
l'empereur de nombreuses passions, notamment un gout
pour le mysticisme.

MARC AURÈLE

Marc Aurèle, le jeune destinataire de ces mémoires, a 17 ans
au moment où Hadrien rédige son texte. Il sera amené à
succéder à son père adoptif Antonin, qui aura lui-même
succédé à Hadrien. Né Marcus Annius Verus, il prendra alors
le nom de Marc Aurèle.

Destinataire du récit, il représente le lecteur qui prend
connaissance des mémoires d'Hadrien. Les quelques

adresses qui parsèment le récit permettent au lecteur de se sentir directement concerné, par identification avec les adresses à « tu ». Hadrien souhaite faire part de son expérience et de son recul, pour initier le jeune successeur à la tâche qui lui incombera. Dans ce sens, les *Mémoires d'Hadrien* constituent aussi un roman didactique.

LES RÉGIMES POLITIQUES ROMAINS

Avant d'être un empire, Rome connait deux autres systèmes politiques : la royauté lors de sa fondation jusqu'en 509 av. J.-C. et la République jusqu'en 27 av. J.-C. C'est avec Auguste (63 av. J.-C.-14 apr. J.-C.) que Rome devient un empire. Lors de la jeunesse d'Hadrien, l'empereur est Domitien. Nerva lui succède et est considéré comme le fondateur de la dynastie des Antonins (92-192 apr. J.-C.). Le hasard veut que ni Nerva, ni Trajan, ni Hadrien, ni même Antonin le Pieux (86-161) n'aient de fils. L'héritier de l'empire est donc choisi par adoption. Hadrien fait adopter Marc Aurèle et Lucius, le fils de Lucius Ceionius, par Antonin.

CLÉS DE LECTURE

UN ROMAN HYBRIDE

La grande originalité des *Mémoires d'Hadrien* tient dans le fait que cette œuvre mélange différents genres littéraires. C'est à la fois :

- **un roman historique** qui a pour héros principal un personnage réel et qui reconstitue le contexte dans lequel ce personnage a vécu avec une étonnante fidélité (voir les « carnets de notes sur les *Mémoires d'Hadrien* » à la suite du roman). Le texte est donc une réécriture de l'histoire ;
- **un roman autobiographique fictif** puisque l'empereur Hadrien raconte sa vie (sa biographie) en détail et sans concession. On parle d'une autobiographie fictive, car le narrateur ne correspond pas à l'auteur ;
- **un roman épistolaire** étant donné que le roman commence par « Mon cher Marc ». Il s'agit donc d'une lettre adressée à un proche, Marc Aurèle. La missive couvre toute l'histoire. Au cours du récit, Hadrien interpelle son destinataire en divers endroits afin d'éveiller sa curiosité ou celle du lecteur. Le chapitre « *Patientia* » commence également par une lettre, celle d'Arrien, adressée à l'empereur.

DES TITRES SIGNIFICATIFS

Le choix de formuler les titres en latin indique que malgré la préférence d'Hadrien pour la Grèce et son hellénisme revendiqué, il n'en reste pas moins l'empereur de Rome et parle à ce titre la langue officielle de l'empire, le latin :

- le premier chapitre est une sorte de prologue dans lequel on apprend le réel dessein d'Hadrien. Son titre, « *Anima vagula blandula* » (« Petite âme, âme tendre et flottante »), est en fait un vers tiré d'une des poésies conservées d'Hadrien et sa propre épitaphe. Il renvoie ainsi à la fin d'Hadrien et à son état, dont le corps affaibli laisse entrevoir une mort prochaine, et donc l'évanouissement de son âme du monde des vivants. Les quatre chapitres suivants sont rétrospectifs : Hadrien y jette un regard distancié sur sa vie, tout en respectant l'ordre chronologique des évènements passés ;
- le deuxième chapitre, « *Varius multiplex multiformis* » (« Varié, multiple et changeant »), nous renseigne sur la personnalité de l'empereur. Il prend soin de son corps, fait tantôt la guerre, tantôt la paix, change sans arrêt de lieu, aime les femmes, les hommes (surtout les jeunes hommes), se cultive, lit énormément, pratique la poésie et la musique, administre ses provinces, organise son empire, s'intéresse au ciel et aux sciences occultes, etc. Il est omnipotent et omniprésent : c'est un dieu vivant adulé sur tout son territoire et respecté dans les régions autonomes. Son but impérial est la diversité dans l'unité ;
- le titre du troisième chapitre, « *Tellus stabilita* » (« La terre retrouve son équilibre »), est la devise qui sert sa propagande impériale. Elle est matérialisée par une statue représentant un jeune homme couché qui tient des fruits et des fleurs (p. 148), symbole d'abondance et de beauté. La réputation d'Hadrien passe par un idéal de paix et de stabilité politique ;

- le titre du quatrième chapitre, « *Sæculum aureum* » (« Siècle d'or »), marque à la fois l'apogée et le début du déclin (physique et sentimental) d'Hadrien. Cette expression fait écho au siècle de Périclès (homme d'État athénien, vers 495-429 av. J.-C.), l'âge d'or d'Athènes (Ve siècle av. J.-C.) ;
- l'avant-dernier chapitre, « *Disciplina augusta* » (« Discipline auguste »), présente Hadrien vieillissant qui prend conscience du fait qu'il n'est pas tout-puissant. Il prend les dernières mesures nécessaires pour l'empire et renoue avec la discipline militaire de ses débuts lorsqu'il mène la guerre de Judée ;
- le dernier chapitre, « *Patientia* » (« Patience » ou « Endurance »), peut être qualifié d'épilogue. Hadrien trouve cette qualité qui lui faisait défaut jusque-là : il ne lui reste qu'à attendre la mort. Le dernier paragraphe de cette section, « Petite âme, âme tendre et flottante, compagne de mon corps, qui fut ton hôte, tu vas descendre dans ces lieux pâles, durs et nus, où tu devras renoncer aux jeux d'autrefois » (p. 316), est la traduction de l'épitaphe de l'empereur, et fait écho au premier chapitre. La boucle est donc bouclée : Hadrien a achevé sa tâche d'empereur et peut désormais mourir en paix.

UNE PÉRIODE RELIGIEUSE CHAMBOULÉE

Hadrien vit entre le premier et le deuxième siècle après Jésus-Christ. C'est une période durant laquelle différentes religions coexistent à Rome (car il y a une certaine liberté de culte) et qui est troublée par des conflits, d'une violence parfois extrême, déclenchés par les religions monothéistes.

Hadrien et le divin

À Rome, la religion fait de l'empereur un dieu à part entière : « Même à Rome, où nous ne sommes officiellement déclarés divins qu'après la mort, l'obscure piété populaire se plaît de plus en plus à nous déifier vivant. » (p. 160) Dans « *Tellus stabilita* », Hadrien assume complètement cette fonction : « Si Jupiter est le cerveau du monde, l'homme chargé d'organiser et de modérer les affaires humaines peut raisonnablement se considérer comme une part de ce cerveau qui préside à tout. » (*ibid.*) Mais la dimension religieuse la plus importante dans l'histoire personnelle d'Hadrien concerne sans doute davantage les mystères, qui ont un succès grandissant à son époque. Les mystères sont des cultes religieux qui sont censés rester secrets et se fondent sur le principe d'initiation. Ainsi, Hadrien est initié à Eleusis, une cité grecque, selon un rite qui célèbre Déméter (déesse de la terre). C'est à ce moment-là qu'il comprend intimement son attachement aux astres et au ciel, symboles du cycle « du passage et du retour » (p. 163), et qui permet par sa contemplation et son étude à l'homme de participer quelque part à cet absolu.

Le culte de Mithra est le second mystère qui occupe une place particulière dans le roman. Ce mystère comporte un aspect violent et brutal, visant à relier le monde des morts à celui des vivants. C'est durant la guerre contre les Daces qu'Hadrien s'y initie, en remarquant que ce culte renforce la vigueur de ses soldats qui se sentent moins vulnérables. Mais cette première expérience du culte mitriaque se répète dans « *Saeculum aureum* », en présence d'Antinoüs cette fois-ci. Si la première fois, l'expérience avait été bénéfique, elle apparait ici de mauvais augure. Dans cette cave sombre où un taureau est tué et l'initié (Antinoüs) est aspergé du sang de l'animal, Hadrien est pris de dégoût, et décide d'interdire l'accès à cette cave. Cette horreur subite semble annoncer le dénouement fatal du destin d'Antinoüs, qui meurt quelques pages plus loin.

Le christianisme

Hadrien relate aussi un épisode au cours duquel il a eu affaire à un évêque chrétien, un certain Quadratus, qui lui fait parvenir une apologie de sa foi. S'ensuit une réflexion sur cette « secte », sur la politique et la pensée de l'empereur à son égard. Sa lecture de cette religion se fait à travers le prisme de sa propre culture polythéiste : « Ce jeune sage [Jésus] semble avoir laissé des préceptes assez semblables à ceux d'Orphée. » (p. 238) De même qu'il reconnait le bienfait d'une religion qui apporte de l'aide aux plus démunis, il s'inquiète de ce que la religion chrétienne contient d'antithétique quant à la culture romaine : sa morale irait à l'encontre des vertus viriles et son dogmatisme irait à l'encontre de la souplesse relative de Rome à l'égard de l'ensemble des croyances. Hadrien considère aussi la morale chrétienne, l'amour d'autrui équivalente à l'amour qu'on se porte, comme un idéal impossible à réaliser, soit qu'on s'aime trop, soit qu'on ne s'aime pas assez.

Le judaïsme

La question de la représentation du judaïsme est un sujet épineux dans ce roman. En effet, Hadrien est confronté à une révolte terrible des Zélotes (une secte juive déterminée à résister à la domination étrangère quitte à faire subir un régime de terreur à ceux qui ne suivent pas leurs vues), qui évolue en véritable guerre civile et guerre contre l'empire. De ce fait, Hadrien a des mots très durs à l'égard de la religion juive, qu'il nomme tantôt « superstition fort défavorable au progrès des arts » (p. 253), tantôt « fanatisme » (p. 255). L'empereur a du mal à comprendre la foi monothéiste et intransigeante des juifs :

> « En principe, le Judaïsme a sa place parmi les religions de l'empire ; en fait, Israël se refuse depuis des siècles à n'être qu'un peuple parmi les peuples, possédant un dieu parmi les dieux. Les Daces les plus sauvages n'ignorent pas que leur Zalmoxis s'appelle Jupiter à Rome [...]. Aucun peuple, sauf Israël, n'a l'arrogance d'enfermer la vérité tout entière dans les limites étroites d'une seule conception divine, insultant ainsi à la multiplicité du Dieu qui contient tout [...] » (p. 253-254)

Ces phrases méprisantes ont valu à Yourcenar de nombreuses accusations et critiques, surtout à cette époque qui sortait à peine du second conflit mondial. Cela dit, Yourcenar peut s'en défendre en alléguant le fait qu'elle imagine ici la réflexion de l'empereur, au regard biaisé à la fois pas sa propre culture romaine où les religions se mélangent, et par le fait qu'ils affrontent ici des ennemis extrêmement redoutables.

LE TRAVAIL DE LA LANGUE

Afin d'être cohérente avec son histoire qui se place dans l'antiquité, Yourcenar a fourni un véritable travail sur la langue, dont le style renvoie subtilement au latin. Rédigé en français, le roman se doit de susciter la « couleur » de l'antique, par une langue quelque peu désuète. On peut noter l'existence d'au moins deux stratégies stylistiques qui permettent de « faire ancien » : un calque plus ou moins souple sur la phrase latine et l'usage d'un français vieilli :

- Yourcenar s'est tout d'abord directement inspirée de la langue latine. Cela peut se faire au travers de citations plus ou moins longues, plus ou moins implicites, parfois données telles quelles (à l'instar des titres des chapitres), mais plus souvent traduites directement par Yourcenar. On pense par exemple au « *uxorem* [...] *morosam et asperam* » de Spartien (IIIe siècle apr. J.-C.), une des sources historiques de Yourcenar : qualifiant l'épouse d'Hadrien, cette phrase a été traduite par l'auteur en « épouse maussade et acariâtre » (p. 271) (POIGNAULT R., « Alchimie verbale dans *Mémoires d'Hadrien* de Marguerite Yourcenar », p. 296) ;
- la langue latine n'a pas les mêmes particularités grammaticales que le français. C'est une langue qui aime à la fois la condensation (le latin ne multiplie pas les petits mots comme les déterminants, par exemple) et les « périodes », ces longues phrases très solidement construites, en fonction de différents ensembles grammaticaux qui font unité, qui multiplient les propositions subordonnées. De manière générale, c'est une langue qui aime les cadres structurels rigides, l'ordre et la clarté. Or ce sont là aussi les idéaux stylistiques de l'âge classique français, qui prône l'harmonie par un style rigoureux et clair. Aussi n'est-il pas étonnant de voir que Yourcenar écrit dans une

langue qui rappelle le XVIIe ou le XVIIIe siècle, comme en témoigne l'inversion de l'adverbe et du pronom personnel à la fin de la première partie : « Je compte sur cet examen des faits pour me définir, me juger peut-être ou tout au moins pour me mieux connaître avant de mourir. » (p. 30) Cet usage désuet de la langue connote le texte et permet de le renvoyer à un imaginaire lointain.

UNE PHILOSOPHIE EMPIRIQUE

Au début du roman, Hadrien explicite la manière dont son rapport au monde extérieur est pour lui une véritable philosophie de vie. Il appelle ce rapport au monde extérieur la « théorie du contact », afin de désigner le fait que, pour lui, la connaissance du monde ne peut pas passer uniquement par la pensée philosophique pure, trop abstraite et éloignée du réel. La connaissance du monde se transmet au contraire par la rencontre avec l'autre, notamment à travers les sens, par tout ce qui est de l'ordre de l'expérience de ce qui n'est pas soi. Voici un passage qui le montre :

> « J'ai rêvé parfois d'élaborer un système de connaissance humaine basé sur l'érotique, une théorie du contact, où le mystère et la dignité d'autrui consisteraient précisément à offrir au Moi ce point d'appui d'un autre monde. » (p. 22)

Une telle affirmation du désir de se définir via l'altérité peut paraitre étonnante dans ce roman, une autobiographie fictive, qui se définit par le fait que le personnage cherche à comprendre ce qu'a été sa vie, et donc qui il a été. Mais tout cela est en réalité extrêmement lié, puisque c'est le rapport à l'autre qui permet à Hadrien d'évoluer, de se transformer, de mieux connaitre le monde pour mieux l'apprivoiser et en être le véritable maitre. La théorie du contact, c'est finalement aussi une méthode pour devenir empereur. C'est là peut-être une des finalités (fictive) du roman, puisqu'Hadrien écrit cette longue lettre à son successeur, ce jeune homme adepte des lectures philosophiques arides, à qui il manque ce contact avec le monde, indispensable pour un empereur à la tête d'un empire aussi grand, complexe et multiforme. Ainsi Hadrien fait-il discrètement une remarque au jeune Marc Aurèle : « Je n'emportais pas comme toi mes livres dans la loge impériale. » (p. 119) En outre, cette théorie du contact peut aussi concerner l'expérience d'écriture et de lecture, qui veut que l'auteur et le lecteur se sentent momentanément autre que lui-même.

ROMAN HISTORIQUE : L'HISTOIRE ET SES LIMITES

Certes, le roman fait la peinture d'un univers antique, qui est de ce fait attrayant par son exotisme. Cependant, il reste fondamentalement dirigé vers son lectorat – un lectorat du début de la seconde moitié du XXe siècle –, marqué par les conflits mondiaux, l'industrialisation massive, la capitalisation des biens, la mondialisation et le libéralisme triomphant. Yourcenar distille de manière subtile au creux de ses pages des énoncés destinés à son lecteur, qui ne peut manquer de s'identifier à ce qu'elle décrit. Ces petites ruptures temporelles, au cours desquelles Hadrien (empereur qui a si bien compris le monde et son fonctionnement) est capable d'envisager avec justesse les siècles à venir, prouvent combien le roman est un moyen, pour Yourcenar, d'interroger le monde dans lequel on vit. À titre d'exemple, relevons un passage où Hadrien, jeune empereur, fait état de ses pensées sur la société de son temps. Après avoir parlé des femmes, il s'intéresse à l'esclavage :

> « Je doute que toute la philosophie du monde parvienne à supprimer l'esclavage : on en changera tout au plus le nom. Je suis capable d'imaginer des formes de servitude pires que les nôtres, parce que plus insidieuses : soit qu'on réussisse à transformer les hommes en machines stupides et satisfaites, qui se croient libres alors qu'elles sont asservies, soit qu'on développe chez eux, à l'exclusion des loisirs et des plaisirs humains, un goût du travail aussi forcené que la passion de la guerre chez les races barbares. À cette servitude de l'esprit, ou de l'imagination humaine, je préfère encore notre esclavage de fait. » (p. 129)

Le lecteur peut avoir l'impression, en lisant ces lignes, de retrouver les réflexions philosophiques, sociologiques et politiques nées dès la fin du XIXe siècle sur le travail transformé par l'ère industrielle et postindustrielle, qui annihilerait peu à peu la liberté de l'Homme.

On peut également découvrir une allusion aux désastres du XXe siècle. À la fin du roman, Hadrien écrit par exemple :

> « Les catastrophes et les ruines viendront ; le désordre triomphera, mais de temps en temps l'ordre aussi. La paix s'installera de nouveau entre deux périodes de guerre ; les mots de liberté, d'humanité, de justice retrouveront çà et là le sens que nous avons tenté de leur donner Nos livres ne périront pas tous [...] » (p. 314)

Cette fois, Yourcenar, par la voix de son personnage, parle peut-être implicitement des conflits mondiaux, et notamment de la Seconde Guerre mondiale. Ainsi, Yourcenar évite l'écueil d'un roman trop centré sur la dimension historique de son propos et autorise une lecture active qui entend faire réfléchir tout lecteur sur son propre temps.

PISTES DE RÉFLEXION

QUELQUES QUESTIONS POUR APPROFONDIR SA RÉFLEXION...

- Au temps d'Hadrien, les chrétiens étaient considérés comme appartenant à une secte. En lecteur du XXIe siècle, que vous inspire cette réalité ? Comment jugez-vous l'attitude d'Hadrien à l'égard de cette secte (chapitre « *Disciplina augusta* ») ?
- Hadrien, qui n'est pas toujours vertueux, est-il, selon vous, un personnage digne d'admiration ?
- Lors de la guerre de Judée contre Simon Bar Kochba, les rebelles juifs meurent convaincus d'être les seuls justes. Ce fanatisme trouve-t-il une résonance dans notre époque ? Développez.
- Commentez cette phrase de l'empereur Hadrien : « Je me sentais responsable de la beauté du monde. » (p. 148)
- « Je doute que toute la philosophie du monde parvienne à supprimer l'esclavage : on en supprimera tout au plus le nom. » (p. 129) Êtes-vous d'accord avec l'empereur Hadrien ? Donnez votre avis sur cette phrase.
- Dans « *Tellus stabilita* », Marguerite Yourcenar met dans la bouche d'Hadrien la célèbre réplique de Pierre Corneille (poète dramatique français, 1606-1684) « Rome n'est plus dans Rome » (*Sertorius*, 1667). Comment interprétez-vous cette maxime ?
- Comment expliquez-vous l'attitude d'Hadrien face au suicide ? Condamne-t-il cette issue ?
- Existe-t-il des similitudes entre Marguerite Yourcenar et Hadrien ? Si oui, lesquelles ?

- Comparez la philosophie stoïcienne de Marc Aurèle avec celle d'Hadrien.
- Imaginez une adaptation cinématographique des *Mémoires d'Hadrien*. Quel(s) procédé(s) utiliseriez-vous pour rendre le style lyrique et classique de Marguerite Yourcenar ?

Votre avis nous intéresse !
Laissez un commentaire sur le site de votre librairie en ligne
et partagez vos coups de cœur sur les réseaux sociaux !

POUR ALLER PLUS LOIN

ÉDITION DE RÉFÉRENCE

- YOURCENAR M., *Mémoires d'Hadrien*, Paris, Gallimard, coll. « Folio », 1974.

ÉTUDE DE RÉFÉRENCE

- POIGNAULT R, « Alchimie verbale dans *Mémoires d'Hadrien* de Marguerite Yourcenar », in *Bulletin de l'association Guillaume Budé*, vol. 1, 1984, p. 295-321, https://www.persee.fr/doc/bude_0004-5527_1984_num_1_3_1238

SUR LEPETITLITTÉRAIRE.FR

- Fiche de lecture sur *Comment Wang-Fô fut sauvé* de Marguerite Yourcenar.

Retrouvez notre offre complète sur lePetitLittéraire.fr

- des fiches de lectures
- des commentaires littéraires
- des questionnaires de lecture
- des résumés

ANOUILH
- Antigone

AUSTEN
- Orgueil et Préjugés

BALZAC
- Eugénie Grandet
- Le Père Goriot
- Illusions perdues

BARJAVEL
- La Nuit des temps

BEAUMARCHAIS
- Le Mariage de Figaro

BECKETT
- En attendant Godot

BRETON
- Nadja

CAMUS
- La Peste
- Les Justes
- L'Étranger

CARRÈRE
- Limonov

CÉLINE
- Voyage au bout de la nuit

CERVANTÈS
- Don Quichotte de la Manche

CHATEAUBRIAND
- Mémoires d'outre-tombe

CHODERLOS DE LACLOS
- Les Liaisons dangereuses

CHRÉTIEN DE TROYES
- Yvain ou le Chevalier au lion

CHRISTIE
- Dix Petits Nègres

CLAUDEL
- La Petite Fille de Monsieur Linh
- Le Rapport de Brodeck

COELHO
- L'Alchimiste

CONAN DOYLE
- Le Chien des Baskerville

DAI SIJIE
- Balzac et la Petite Tailleuse chinoise

DE GAULLE
- Mémoires de guerre III. Le Salut. 1944-1946

DE VIGAN
- No et moi

DICKER
- La Vérité sur l'affaire Harry Quebert

DIDEROT
- Supplément au Voyage de Bougainville

Dumas
- Les Trois Mousquetaires

Énard
- Parlez-leur de batailles, de rois et d'éléphants

Ferrari
- Le Sermon sur la chute de Rome

Flaubert
- Madame Bovary

Frank
- Journal d'Anne Frank

Fred Vargas
- Pars vite et reviens tard

Gary
- La Vie devant soi

Gaudé
- La Mort du roi Tsongor
- Le Soleil des Scorta

Gautier
- La Morte amoureuse
- Le Capitaine Fracasse

Gavalda
- 35 kilos d'espoir

Gide
- Les Faux-Monnayeurs

Giono
- Le Grand Troupeau
- Le Hussard sur le toit

Giraudoux
- La guerre de Troie n'aura pas lieu

Golding
- Sa Majesté des Mouches

Grimbert
- Un secret

Hemingway
- Le Vieil Homme et la Mer

Hessel
- Indignez-vous !

Homère
- L'Odyssée

Hugo
- Le Dernier Jour d'un condamné
- Les Misérables
- Notre-Dame de Paris

Huxley
- Le Meilleur des mondes

Ionesco
- Rhinocéros
- La Cantatrice chauve

Jary
- Ubu roi

Jenni
- L'Art français de la guerre

Joffo
- Un sac de billes

Kafka
- La Métamorphose

Kerouac
- Sur la route

Kessel
- Le Lion

Larsson
- Millenium I. Les hommes qui n'aimaient pas les femmes

Le Clézio
- Mondo

Levi
- Si c'est un homme

Levy
- Et si c'était vrai…

Maalouf
- Léon l'Africain

MALRAUX
- La Condition humaine

MARIVAUX
- La Double Inconstance
- Le Jeu de l'amour et du hasard

MARTINEZ
- Du domaine des murmures

MAUPASSANT
- Boule de suif
- Le Horla
- Une vie

MAURIAC
- Le Nœud de vipères

MAURIAC
- Le Sagouin

MÉRIMÉE
- Tamango
- Colomba

MERLE
- La mort est mon métier

MOLIÈRE
- Le Misanthrope
- L'Avare
- Le Bourgeois gentilhomme

MONTAIGNE
- Essais

MORPURGO
- Le Roi Arthur

MUSSET
- Lorenzaccio

MUSSO
- Que serais-je sans toi ?

NOTHOMB
- Stupeur et Tremblements

ORWELL
- La Ferme des animaux
- 1984

PAGNOL
- La Gloire de mon père

PANCOL
- Les Yeux jaunes des crocodiles

PASCAL
- Pensées

PENNAC
- Au bonheur des ogres

POE
- La Chute de la maison Usher

PROUST
- Du côté de chez Swann

QUENEAU
- Zazie dans le métro

QUIGNARD
- Tous les matins du monde

RABELAIS
- Gargantua

RACINE
- Andromaque
- Britannicus
- Phèdre

ROUSSEAU
- Confessions

ROSTAND
- Cyrano de Bergerac

ROWLING
- Harry Potter à l'école des sorciers

SAINT-EXUPÉRY
- Le Petit Prince
- Vol de nuit

SARTRE
- Huis clos
- La Nausée
- Les Mouches

SCHLINK
- Le Liseur

SCHMITT
• La Part de l'autre
• Oscar et la
  Dame rose

SEPULVEDA
• Le Vieux qui
  lisait des romans
  d'amour

SHAKESPEARE
• Roméo et Juliette

SIMENON
• Le Chien jaune

STEEMAN
• L'Assassin
  habite au 21

STEINBECK
• Des souris et
  des hommes

STENDHAL
• Le Rouge et
  le Noir

STEVENSON
• L'Île au trésor

SÜSKIND
• Le Parfum

TOLSTOÏ
• Anna Karénine

TOURNIER
• Vendredi ou
  la Vie sauvage

TOUSSAINT
• Fuir

UHLMAN
• L'Ami retrouvé

VERNE
• Le Tour
  du monde
  en 80 jours
• Vingt mille
  lieues sous
  les mers
• Voyage au
  centre de
  la terre

VIAN
• L'Écume des jours

VOLTAIRE
• Candide

WELLS
• La Guerre des
  mondes

YOURCENAR
• Mémoires
  d'Hadrien

ZOLA
• Au bonheur
  des dames
• L'Assommoir
• Germinal

ZWEIG
• Le Joueur
  d'échecs

ISBN version numérique : 978-2-8062-9292-6
ISBN version papier : 978-2-8062-9293-3
Dépôt légal : D/2017/12603/9

Avec la collaboration de Maud Couture pour les chapitres « Une période religieuse troublée », « Le travail de la langue », « Une philosophie empirique » et « Roman historique : l'Histoire et ses limites ».

Conception numérique : Primento,
le partenaire numérique des éditeurs.

Ce titre a été réalisé avec le soutien de la Fédération Wallonie-Bruxelles, Service général des Lettres et du Livre.